泣き道、笑い道、どんな道

山下　希尹
YAMASHITA Kii

文芸社

目次

心の道

この道はどんな道だったか……。
人の一生って　どれだけ歩くのだろう？
泣き道　笑い道　どんな道？
人生、毎日毎日道を歩いてきました。
道——どこまで続く、この道は。
「毎日笑いましたか」「涙をふきましたか」
いろんな人々の心の道。
誰にも　いろんな道があります。
曲がったら直せばいい、人間だから。
曲がったきりでは、さみしい——いつかは晴れ間もあるよ。
足で地団駄踏んだりすることは、誰にでもあるよね。

高い所から町を見下ろすと、悩んでいたのってほんの……小さなこと。

この広い世の中でどれだけの人が生活しているのか、それを見ていると気持ちは楽になる。悩む自分を考え直せる、ほんの「ひとこま」なんですね。

さあ、気持ちを広く持とう。


私は昔、大変な道を歩んできました。

嫁にきて、ようやく通れる道に出られた。

その後はこの道をいろんな人達と話をしながら歩いてきました。本当に長い長い道を歩いてきたのです。

心の道。

仕事はきつかったけど毎日が見えていました。

見えない所もあったけどね。

その時その時で考えも違うし、自分の思うようにはいかない。人形ではないので「心」があるから。

今だからこんな事を書けるのかな。

自分の趣味で仲間もたくさん出来、世界各地に行くことも出来た。昔は考えられませんでしたね。世界の地図を見ても地名さえわからない自分だった。夢みたいな日々でした。それも主人がいたから行けた。共に四十年。ここまで私を育ててくれてありがとう。何をやっても、話を聞いてくれましたね。趣味をやることすら、昔の私には考えられませんでした。小学校や中学校に行って押し花を教える、テレビ中継をしながらもやりましたね。昔では考えられない教育なんですね。

母の死

私が一歳の時に母は三十代半ばで亡くなったので、私は顔も知りません。私は三人姉妹の三番目です。

おばあさんが一緒に住んでいました。でも、姉の面倒ばかり見ていて学校までついて行ったと聞きました。一家の長女なので大切にされていたみたい。私は小さかったのでわかりませんけど、母が亡くなった時の姉は八歳ぐらいだったと聞きました。すでに何でもわかる年でしたので、私にいろんな話をしてくれました。私が三歳くらいの時に新しいお母さんがきたと聞きました。

遠足の日は東京からおじさんが弁当作りにきていました。私は幼い頃の事はあまり覚えていません。でも、いつも私の周りには誰かがいました。いつも誰かに子守をされていたのです。一歳で母を亡くしたので「私を泣かすな」と、みんなが見てくれたようです。

夜は米吉さんが私を寝かしつけては、自分の部屋に帰っていったと姉より聞きました。米吉さんは私の家で働いていた何人かのうちの一人。

私の家にはその他にも働いている人がいました。みんな戦争で親を亡くしたから、働きながら学校に行っていました。私が幼い頃は大勢の人が働いていました。

三歳の時に自転車のカゴから落ちて石で目を切ってしまった。ケガをしてすぐそのまま病院に行くと、

「ここでは無理」

と言われて他の病院を紹介されました。でも、そこは行くのに二時間もかかりました。秩父の野上の病院で、そこには東京女子医大の先生が来ていたみたいで、バスと電車を乗り継いで行くと患者さんが一〇〇人は待っていました。

病院には毎日行けないので、おばさんの所から行った事がありました。いつも父親に手を引かれ、小学校二年生くらいまで行っていました。そのあたりからなんとか目が少し見えるようになってきました。五～六年生の時にはだいぶ目が見えるようになりましたけど、ここの女子医大の先生はすごい人でした。目の治療をする時、私は怖

くて泣いた事を今でも覚えています。

「泣かなければペコちゃんのアメをあげるよ」と言われましたけど、アメどころではなかったのです。目の前に注射器が見えると怖くてイスにつかまり「ウー」と歯をくいしばっていました。

どれだけ怖かった事か。これが私の「我慢」の始まりでした。少しぐらいの事では泣かなくなっていました。

自転車に轢かれたのは、道の端を歩いていた時でした。自転車の人は私を轢いて泣いていました。その時はお母さんが一緒でした。お母さんは背中に弟をおんぶしていたのを近所の人に預けて、私を病院に連れていってくれた。お医者様にいろいろ見てもらった結果、頭の額の所と口の中が切れていました。

額の傷にジャリが入っていないか見てもらった時も泣きませんでした。先生は、「口の中も切れているのに、なんて子だ」と言いました。私は泣かないで歯をぐっと食いしばって我慢していました。私を自転車で轢いた方は通る所がなかったから私を轢いてしまったそうです。私は五歳でした。それからは何に対しても我慢強い私が出来上がりました。

この頃の私は育ての母が自分の本当のお母さんだと思っていました。ある夏、近所の子供達に、

「あの人はお前のお母さんではない」

と言われて、泣いて家に帰ったことがありました。お母さんは、誰がうちの子をいじめたと言ってくれ、それからは近所の子供達は何も言わなくなりました。

夏は木の下で「むしろ」を敷いてそこで遊びました。夏祭りの準備で紙で花をたくさん作りました。お祭りの時、お神輿がこの集落の子供達の家を一軒一軒回ります。立派な神輿を作ってもらったのでみんな張り切っていました。その集落にはお神輿はありませんでしたが、私が住んでいた集落にはお神輿を作る人がいたので、毎年お祭りが出来ました。

楽しかった。菓子を貰ったり、みんなで食べました。

お祭りは夏の盆に毎年やっていましたね。

母の旅行

子供の頃、母が旅行に行く日が待ち遠しかったものです。この日はお父さんと話がいっぱい出来る。

昔はいろりのそばで煮物をしているお父さんの背中に背をむけて、いろんな話をしました。

学校も行きたくないぐらい。ずっとそばにいたかった。

「ほら　ごはんの仕度が出来たよ」

いつも朝起きれば、きびきびしてないと母に何を言われるかと思うと心が休まりませんでした。だからお父さんの背中に背中をつけて、ずーっとずーっとこんなふうに話をしていたかった。

お父さんの背中は温かかった。お母さんが年に一、二回旅行に行く。その日はお父さんといっぱい話が出来る。「ごめんなさい」。

普段はお父さんとはあまり会話をしません。

話をすると、

「そんなに娘がかわいいのか」

とお母さんに言われるから。お母さんの機嫌の良い時は嬉しかった。

きれいな花柄のフトンを縫ってくれたり、病気の時はよく見てくれました。

そんなお母さんは好きですけど、機嫌が悪くなると悲しいです。でも育ての母がいたから、ここまで大きくなってなんでも言える人間になったのかな。

でも、お母さんには何も言えなかったけど。育ててもらって意見を言うなんて、もってのほか。毎日「はい」と言っていれば、家の中は「いい感じ」でした。他の人が通る所は全部片付けておかないと、誰かがけがをすると、私の責任でした。

「はい」「すみません」と、毎日がこんな日々でしたけど、外に出て大きな声で空に向かって「あーーっ！」と叫びます。これですっきりした。そして仕事も出来ます。

家の中ではお母さんが動いている間は、私は座る事は出来ない。座っているのが見えると、

「育ててやった恩を忘れたのか」

と言われてしまうのです。

よその家はどんな家族なんだろう。お母さんも私によくしてくれますけど、キレると、困ります。

私は育ててもらっていたので、病気の時は大変苦労をかけました。そういう時のお母さんは優しい会話なんです。不思議な日々でした。バラの花柄の洋服を作ってくれたりもしました。

他人の子供を三人も育ててくれたのだから。

もし私が他人の子を育てる事になったら、ちゃんと出来るのだろうか。

ニコニコ顔は出来ないでしょう。

本当にここまで育ててくれたお母さんは「すごい」と思います。

怒る事も、泣く事も出来ない毎日だったから。

でも、辛い気持ちを人に向かって発散してはいけない。私はいつも「心」と言う字を書きます。まずは人の前では難しい言葉を言わない事。余計な事は言わない、それで家の中は「平和」なんです。「心」とは自分を強い人間になるように、何事も。

私の道

この一本の道は初めから坂道で石ころだらけの道でした。

歩いても歩いても道は延々と続き、ゴールは見えませんでした。ようやく着いたなだらかな道の先には主人がいました。この道を抜けて広い野原に出たように思えました。初めは主人に結婚は出来ないと言いました。「なぜ?・」と主人。

「俺が守るから、ずっとずっと守るから」って言ったのに、主人は　私をおいて亡くなってしまった。一緒になって四十年でした。

残された私には少しは心構えがついていたのでしょう。負けてたまるかという感じでした。

ある時、私の家に会社の人が来た時、私に、

「何も知らないし、女だから話にならない」

というような事を言われた時は　悲しかった。

初めからアパートのことは私が一人で全部やってきました。税金の勉強も何年もしてきました。でも、不動産の仕事は男の世界なのかな、とも思いました。私では話にならないように聞こえたので、私はその時に、

「女だからってバカにするな」

と玄関で言ったのです。

「今までアパート事業の事は全部私がやってきたのに、初めてうちに来て私の事を何も知らないのに」

それからは会社の人達は私の家のために一生懸命に気を使い、やってくれたみたいでした。

「ありがとう」「ごめんなさい」

係の人もその時は心配していました。

その時に、寝たきりでもいいから主人にそばにいてほしいと思いました。

悲しいですね、こういう時は。

今までの辛い道があったから、今の自分がある。

一緒に歩く人がいたから、頑張れた。

嫁にきた時は農家の事は全然わかっていなかった。でも、自分で歩き出したこの道を、出来ないながらやっていこうと心に決めたのです。

六十キロ離れた牧場へ行っては、稲わらを牛にくれたり、家の周りの草取りをしたり、休む暇なく働きました。家に帰ってくると、夕食の仕度をして毎日を過ごしてきたのです。

夜はボウリング。昼間は親が行き、私達は夕食の後に行きました。そこで親戚の息子さん、近所の人達と一緒にやったものです。

私は女子の大会で新人賞を取りました。でも、そこでボウリングはやめました。少しずつ家の仕事にも慣れてきたので、家の事をやろう。昔の親は自分の娘には農家には嫁にやらず、でも息子の嫁には農家の仕事をやってほしい、矛盾してますよね。

こんな風習をなくさなければと思いました。ここに嫁ぐ前にアンケートを採りました。そうしたら、どこの親も同じ考えだったのです。「あーあ」でした。嫁に来る前に若い人達にいろんな話を聞きました。

やっぱり農家は大変なのかな。そうだよね。きれいな洋服を着て自由に出掛け、買い物をしたり……そんな事は農家の仕事をしていたらなかなか出来ないよね。でも、私はいつも二人で仕事が出来ればいいと思いました。買い物にも一緒に行きました。主人は何を買っても何も言わない。デパートに行くと、主人は洋服　バッグなどを買ってくれました。私は今まで自分の物はあまり買わなかった。周りを気にして買う事が出来ませんでした。

主人は農家の仕事はしなくともいいと言ってくれたのだけど、自分から「やります」と言った。手はみごとにマメだらけ。

でも、楽しかった。誰にも気を使わず二人で一緒に働けるのがよかった。

初めての母への反抗

結婚式の前の日の出来事。

お母さんは結婚式の資金が自分の思い通りにならないので、私に怒ってきた。その時、初めてお父さんが怒鳴ったのです。

「この結婚式は俺が一人でやる」と母に言いました。

今まで一度も母に反対意見を言った事がなかったお父さん。

この金を使われたら結婚式が出来ない、だからそっと父と二人で守ってきた。それがおもしろくなくて、母は私に怒鳴ってきたのでしょう。でも、不思議なことに、父にはっきりと言われたからか、お母さんはおとなしくなりました。

私もそれまで反抗した事がなかったのに、「竹」を台所で真っぷたつに割った。お母さんはびっくり、私もびっくり。

結婚式の仕度はお母さんも一緒に手伝ってくれていたけれど、お母さんに少しお金を渡せばよかったのかと、後で思い至りました。私も結婚式の費用は、親には一円たりとも出してもらえませんでした。初めから私はそうなるだろうと考えていたので、何も思いませんでした。

私の立場を知っていた近所の人達が手助けをしてくれました。嬉しかった。いつも通帳を持ってお金を下ろしにくる方々でしたので、びっくりでした。

結婚式当日、お母さんは私に一枚の写真を持ってきました。

「これは亡くなったお母さんですよ」

と言って、写真を見せてくれました。

初めて見る私の母の写真。私はびっくりしたけれど、写真はお母さんに返しました。

そして、

「お母さん、ありがとう」

と言った。花嫁衣装はお母さんと選んだ生地で打掛を新しく作りました。それを着て、

「本当にありがとう」

と言いました。

農家の仕事

農家に嫁いできた時は「この先、私に何が出来るのだろう」と、不安になりました。農家の仕事をした事はありません。

こんな私でも、牛の世話、畜舎の掃除……何でも少しずつ自分から「私やります」と言って仕事を始めました。

何をやってもおもしろかった。今までは金融機関での仕事でしたので、外での仕事は楽しかった。

みなさんに聞くと、「農家に嫁に行くのは嫌」と言う人がほとんど。

それでも親がいる方と暮らしたいからと言うと、実家の親には猛反対され、母には三日ともたないとも言われました。

農家の仕事はやればやっただけついてくる。

これまでは　いくら残業をしても給料は同じだったのに。

農家の仕事は大変です。涙もたくさんこぼしました。仕事が出来ない時は、初めから出来ないのは当たり前と自分に言いきかせ、少しずつ働きました。朝は四時三十分に起きて朝ごはんの仕度、そして六十キロ離れた牧場へ行く。秋は稲わらを取りにトラックに乗ってたんぼに。稲わらを車に積まなければならないけれど、私はトラックへの積み方を全く知らなかったので、主人に積み方を教わりました。車に稲わらを積んでいくとだんだん高くなり、下から主人が上に向かって投げてきます。それを受け取り、積んでいく。でも、初めてなので結び方が緩かったようで、一時間も車を走らせると荷が割れて、途中で主人が紐を結び直していました。

「ごめん、下手な積み方で」

と言うと、初めは誰でもそうだよと言ってくれました。絶対に怒ったりはしませんでした。

それからは七百五十〜八百キロの牛をトラックに乗せて、東京の芝浦まで行ったりしました。

二十年間、そんな仕事をしてきて、いつしか、何でも出来るようになっていました。大変な仕事でしたね。でも、「やったー!」という気持ちが大きかった。その当時、家族は多い時で八人。食事を作るのも大変、買い物も買った物を箱に入れて持って帰っていました。主人の弟達もいました。

家族が多いと大変ですけど、楽しかったです。

体も大変。ギックリ腰になっても車に乗って牛を運ばなくてはなりません。私一人を牧場に置いておけないので、痛みを堪えて車に乗りました。車が揺れるたびに痛みで悲鳴が出ます。イスを倒して横になるけど、揺れるたびに辛かった。

心の内

この前の項でも述べましたが、この家に嫁いだ時、私は農家の仕事について、まったくわかっていなかった。でも、主人と二人で一緒に仕事が出来たのは良かった。でも、ほとんどの場合、主人は六十キロ離れた牧場へ行き、家の方の仕事を私とおばあちゃんと二人でやっていました。

その当時は義理の弟達と義両親がおり、前述しましたが、全部で八人家族でした。だんだんと仕事が出来るようになり、南に六十キロ離れた北とでの仕事でした。家の中の仕事の他に小牛が七十頭いましたから、朝と夕方にはミルクをあげていました。そんな時期が長く続いていたから、私のエプロンのポケットにはいつもカナヅチとペンチが入っていました。変わりましたね。何にも出来なかった私だったのに。

主人が亡くなった後は七年間、毎日のように泣いていました。涙が涸れることはありませんでした。ただ、負けるのがいやな性格なので、こうしようと思ったら前に進む。

何でも「駄目でもともと」という気持ちで進んできました。人に話しても何にもなりませんから。

自分一人なんですよね、「気持ち」が。

ただ、今は泣けて泣けてしょうがないんです。

主人がいる時は、私が話さなくても主人のほうからその問題を話題にしてくれました。私の心の中まで読めるのか……と、当時、私は思ったものです。

何も言わなくも私が考えていることがわかる人でした。

いつだったか、主人の背中を見て、私が十歳の時のお父さんの背中を思い出した事がありました。

温かな背中、その両方ともが、今はもうない。

お父さんは最高のお父さんであり、主人は最高の主人でした。

弱音を吐く今の自分、ただ涙が出ます。

「勝ち負け」がないから泣けるのかな。涙も少しは温かいのかな。親身になって考えてくれるのは家族なんですね。誰にも迷惑かけないで「心の内」を書く事は一番ですね。

私が生きてきた道は「長かった」から、やっと温かな気持ちで振り返れるようになりました。

「思ったら前に進め」

そして、今は息子夫婦がよくしてくれています。お嫁さんがどこに行くにも一緒に行ってくれます。

彼女とは話をしていても楽しいです。

「ありがとう」

義理の両親のこと

私が嫁いだ家の両親は二人とも優しい方達でした。私を娘として見てくれ、大事にしてもらえたことがとても嬉しかった。

義父は旅行が好きで、年に何回か行っていました。

いつもお土産を買ってきてくれ、洋服やブローチ、マフラーなど、たくさんいただきました。

時折、「ぜんそくが出た」と言っては、応接間で横になってテレビを見ていました。

じっとしているのが苦手なので、調子が良くなると旅行に行くと言うので、羽田空港まで送迎をしてあげました。

帰ってきた時はいつもホッとしました。

自治会のいろんな役を引き受けており、毎日を忙しそうにしていました。

ある時、風邪をひいて体調を崩したことがありました。それでも、役目柄なのか出掛けるのですが、あまり食が進まないようでした。

ある夜、「ゼイゼイ」と息苦しそうにしていたので、かかりつけの先生に来てもらいました。それもだんだんひどくなり、救急車で病院に行ったけれど良くならず、その夜、七十二歳で亡くなりました。あっという間の事で近所の人もビックリしていました。

私が嫁いで十三年目の十二月のことでした。

おばあちゃんの事が心配でなりません。

それからは七回忌まで花を絶やさないようにしたのです。

おばあちゃんは「何でそんなにお墓に行くのか」と言ったので、

「私は何もしてあげられなかった。あっと言う間に亡くなったから、せめて花だけは絶やしたくない」と、おばあちゃんに言いました。

その後は　おばあちゃんも何とか元気になり、いつも庭に出てはきれいに草取りをしたり、外の椅子に腰かけていました。

おばあちゃんは、少し耳が遠いので、誰が来ても私を呼びにきます。おばあちゃんから畑の事を聞きながら一緒にやり、よく畑の事を教えてくれました。一緒に畑の仕事をしながら、夕食は何を作るのって聞いてきたりもしました。

そういう時は　手伝ってもらいます。

何もしなかったらボケて困るからと言って、お手伝いをしてくれます。

お医者様から、

「仕事をとってはいけません。出来ることはやらしてあげて下さい」

と言われました。自分の姉が認知症になってしまったのを見て、あのようになりたくないので少しでも私の手伝いをすると言ってくれました。でも、草取りをしていると、知らない人から、こんな年寄りを働かせているのかと言われ、私も困ってしまいました。

おばあちゃんに言ったら、どうしたらいいのかと、がっかりしてました。だから、

「遠くの畑ではなく、家の回りの草取りをしたら私も助かるよ」

と言ったら、嬉しそうに、にこっと笑ってくれました。私はおばあちゃんに「庭はまかせたよ」と言ったら「うん」と言ってくれました。飽きた時は車で少しドライブ。

周りの景色を見ただけでも気持ちが晴れるだろうと思って、途中でスーパーに買い物に行きました。すると、今はこんなにいろんな物が売っているのかと、売り場を見てビックリしながらも感心していました。

おばあちゃんを一人にさせられないので、私もどこへも行けませんでした。どうしてもという時は、妹に昼を一緒に食べてもらうようにしました。ただ、妹も仕事をしていたので、昼だけ来ていました。年をとるにつれ、だんだんと家の中にいる時間が多くなりました。

そのうちに、おばあちゃんの部屋にテーブルをセットして昼を食べるようになり、テレビを見たり家の中にいる時間がますます多くなっていきました。それでも、夕食はみんなでお勝手で食べてくれました。私の姿が見えないとしょんぼりしていました。

一時期は　私の後をついてくるようになったので、「私はどこへも行かないよ」と言うと、落ち着いて自分の部屋にいてくれた。

介護用トイレを部屋に置くようにすると、おばあちゃんは私に「すまないね」と言ったので、おばあちゃんの方が気持ち的に大変なんだと思いました。

寝ている間にそっとトイレの汚物を外に持っていった。でも、やっぱり見てもらうおばあちゃんも辛かったのかな。そっと音をたてずにしても、目を開けて、私に「すまないね」と。だから私は必ず、「大丈夫だよ」と答えました。

でも、だんだんと具合が悪くなり、お医者様からはどこまで家で見られるかと聞かれました。

「もしもの時はどうする？」

と言われ、病院に入院させようと主人が話をしました。

家から外に出た事があまりなく、病院に行くまでが大変でした。何とか病院に連れていけたけど、着替えてくれない。もう家に帰ると言い出し、私も一緒に夜までいました。

やっと着替えてくれたけど、ベッドに座り、ただ黙っていました。

一人になった事がなかったので不安だったのでしょう。私に、

「明日来る？」

と聞いてきましたので、次の日も私は病院に行った。

おばあちゃんが慣れるまで、私も幾日か病院でおばあちゃんのそばについていました。おばあちゃんは耳が遠いので大きい声が出せないから、書くボードを持っていって、書いてもらった。

少し遅れて行った時、私がいないから風呂には入らないと係の人に言っていました。それからは、私がいなくても風呂に入れるように用意をしておくようにした。だけど、そういうことではなく、知らない人に洗ってもらうのがいやだったみたい。昔の人はそんな感じですよね。

私も毎日、昼食後に行って夕食までいてあげた。私が「お父さんと息子のごはんの支度をするから帰る」って言うと、「うん」と返事をしてくれるようになった。

心細いのでしょう、誰だっていやですよね。

「かあちゃん、かあちゃん」と、よく私に言っていました。

ある時、主人の兄弟達が来たので、私は部屋から出て階下で待っていました。そしたら主人の弟が、「おれ達ではだめだ」と言って、私を呼びにきました。おばあちゃ

んが「おかあさんを呼んで」と言ったそうです。私はおばあちゃんの病室に入るなり、

「おばあちゃん、こんな顔でいいかい」

とひょっとこの顔をやってみせたら笑ってくれました。嬉しかった。

私を呼んでくれて、何でも「かあちゃん」って言ってくれる事が、私は嬉しかった。

おばあちゃんの息子や娘にはかなわないけど、私を呼んでくれた事がなによりも嬉しかったのです。車椅子におばあちゃんを乗せて外へ出て、みんなで電車が通るのを見に行きました。

この場所はおばあちゃんがよく知っている場所。

昔住んでいた所が近かったから、嬉しかったみたい。

病室に戻ると、いくらかにこにこ顔が見えたように思えた。その後、検査のたびに遠くまで行くのが大変なので、病院を変えました。でも、今度の病院も少し遠いので、道を覚えるのが大変でした。

病院生活も九ヶ月が過ぎると、だんだんと食べられなくなっていました。おばあちゃんに、

「プリン食べる？」

と聞くと、

「うん」

と言ってくれました。病院の先生は何でもいいから食べさせて下さいと言った。私も辛かった。とっても辛かった。

「亡き母」の五十年の守り

私の実のお母さんは、亡くなっても子供を思うことは変わらなかったように思いました。

私に何かあると、陰ながら私を守ってくれていた。

初めは私も気がつかなかったのですが、私が泣いて泣いてどうしようもない事が起きた時、母は私を守ってくれていたと思います。

お母さんは私が生きていく上でのお守りだったのです。

小さい時に大変な事がありました。私は生と死の間をさまよった事があったのです。

その時、緑色のきれいな所で白い物を着た人がいました。今でも覚えています。その人は木の下でただ私を見ていました。私を死から呼び戻してくれたのが育ての母でした。お母さんが私の名前を呼び続けてくれたから、目が覚めたのです。

こうして、私は二人の母に助けられました。こんな事はその後もいろんな場面で同じように起きました。いつも誰かがそばにいると、私は感じていました。一回だけ声を聞いたような気がします。

とても優しい声でした。すぐに母だと思いました。私がきちんと出来るように見守っていたのだと思いました。

あまりにもいろんな事が起こるので、私の知らない所で私を守っていた。後でわかった事ですが、五十年経っても母は私を守り続けてくれたのですね。

今は私の周りにはいません。

今まで私を守ってくれてありがとうと言いたいです。

お母さんってすごい。

私が一歳の頃、お父さん、お母さんは私を置いていくのにどれだけ泣いたことか、と姉が言いました。

それが、私が五十歳ぐらいまで守り続けてくれたのです。

私の周りには誰かがいる感じがずっとしていました。

「ありがとうお母さん。しっかり休んでね」

五十年の月日は大変だったでしょう。

亡くなっても子供を守り通したお母さん。

お母さんは私が幸せの道を守り、私が元気で行けるように守ってくれたのだと思いました。

雨の中の母

牧場の仕事のために、一ヶ月の間に東京、大宮、茨城、群馬、深谷に行きます。深谷には小牛の買付のために月に二回行きます。

茨城に行く日も朝五時に起きて朝食の仕度をして、家にいる七十頭の小牛にミルクをあげ、二ヶ月経った牛には餌をあげてから一時間かけて深谷に行きます。

子供のことは両親に頼んで出掛けます（茨城に行く日に深谷にも行きます）。

深谷の牧場に着くと、まず全ての牛に餌をあげています。そして牛を六頭車に乗せて、昼食を食べてから車で茨城の市場に向かう。昼に出ると道路は少し空いています。

茨城に行く前の日にはいつも実家の親に「明日、茨城に行くね」と電話をしておきました。誰もいないのに電話があったら困るから、どこかに出掛ける時はいつも電話をしておくようにしていました。

その日も茨城の市場に牛を連れて行きました。ついたら自分達で二階まで運び、その場所に牛をつないできます。

作業が終わったら、また茨城から古河市を通って利根川を渡り、加須市を抜けて鴻巣市を通り、実家の近くを通ります。その時はあいにくの雨でした。誰かが雨の中を道路に傘をさして立っていました。カッパを着た実家のお母さんでした。

一時間も待っていたそうです。昔は携帯電話がなかったので私達が着く時間がわからず、雨の中で待っていてくれたお母さんでした。夕食（お赤飯・おかず）が大きな重箱に入っていました。私が家に着いて夕食を用意しないですむようにとの事でした。いつ通るかわからないのに雨の中を待っていてくれたんですね。私は「ごめんなさい」「雨の中ありがとう」と言いました。その帰りに車の中で涙が止まりませんでした。

ありがとう、今までの事が何もなかったように思えました。

人の考え、心が和になり、実家の父も母も仲良く笑える日になった事が、私にとって一番の幸せでした。苦しかった事など全部流れました。

雨と私の涙で……。

そして、書いている今も涙が出てきました。

ありがとう、こんな日が来た事、本当に、「ありがとう、育ててくれて」。何の気持ちもお返しししないまま――ただありがとう。

今も私は元気です。

長い年月が過ぎ、実家の父、母も穏やかな日々になったみたい。私は今まで苦労ばかりかけてきた。なにより気持ちが救われました。

「ごめんね、お母さん」

いろんな苦労をわからず、自分の気持ちだけを考えていました。

お母さんも長い間苦労したことでしょう。

私も子供を持ってみて初めてその大変さがわかりました。

まして、三人の女の子を育てる大変さ。

愚痴が出て当然です。私ももし、他人の子供を育てるとしたら、毎日が晴れた日ばかりではない。雷が落ちる時もあるでしょう。

当時十歳の私には、そんな母の気持ちはわからなかった。今だから言えることなのでしょう。

十歳の私には「何で？　何で？」という気持ちを抑えるのが大変でした。泣いてもどうにもならない。自分は涙を「出さない、出せない」ようにしよう、自分だけの気持ちだから、と。

「趣味」の始まり

五十歳を過ぎてから趣味を始め、こんな世界がある事に嬉しさを感じました。今まで親の介護と仕事に時間をとられ、忙しくて趣味の事は考えたことがありませんでした。

ある時、友達から陶芸をやりませんかと言われた。

それまで外で何かをやる事自体考えたことがなかった。

その時ちょうどテレビで、伊東温泉の女将さんが、庭で採れた花や葉を押し花にした作品が床の間に飾ってあるのを見て、「あ！　これだ」と思いました。

でも、同時に二つの趣味をやれるかな、と不安になりました。良い仲間に恵まれ、なんとか楽しくやる事が出来、少しずつやっているうちに、押し花に夢中になり始めました。

陶芸の発表会には、自分の作品の後ろに押し花の額を飾る事が出来、その時は花生けを作りました。花生けの中に花を浮かせたり、初めてなので作品そのものが何とか飾る事が出来る。

その他にも花の生けかたを教わり、まっちゃちゃんで茶をたて、発表会にお菓子を添えました。

野点でやったり、他にも和太鼓、オカリナ、竹ざいく、習字の方々が見え、それは大変賑やかになり、楽しく今までにはない日々を味わう事が出来ました。友達にも恵まれ、主人には、「友達は『宝』ですよ」と言ってもらった。

ここに嫁いできてから三十年は、家の仕事、牛の仕事、そして親の介護と他に出来る事がなかった……。一日のうちで食料品を買いに行くだけで、出掛ける事がなかった。介護の時は、それは大変でした。家を出た事もなかった。

それから、いろんなものに目がいくようになり、遠くまで茶碗を「窯元」の所に持っていき、登り窯のある所に作品を焼いてもらいました。

これまで、いろんな作品を見てきました。でも二つの趣味をやるのは大変。

やはり絵を描く事が好きな私は「押し花」一本、「押し花」一筋でやると決めました。

それからは、主人もいろんな草花に目がいくようになり、「あけび」の蔓を取ってきてくれたり、「竹の子」を少し伸びた所で切り、一年、山の中で腐らして 黒竹を作りました。

松の枝を切り、水につけ、皮を取り除いてアイロンでプレス。平らな木の皮が出来、風景に木の枝を作り、平らにした皮を使った作品を作りました。

「チンシバイ」を探していましたが、見つかりませんでした。そんな時、主人が友人に話をしたら、「植木屋さんにあるよ」と言ってくれ、母の日の「プレゼント」ということで、庭に植えてくれたのでした。「いかがですか」との問いに、「申し分ありません」と答えた私でした。

その時どんなに嬉しかったことか……「ありがとう、とっても嬉しいです」と後から言ったのです。どんな事でも協力してくれ、本当に申し訳ないと思いました。二人で一つの作品を作り、仕事の間に押し花教室をやり、来た生徒さんに、ある花は分けてあげました。趣味で始めたことなので、楽しく押し花が出来れば、授業料は少しでよかったのです。

押し花の先生の免許を取った時、「ログハウス」を作ってくれました。「押し花の教室が出来るように」と主人は言いました。

「お母さん、今まで牛の仕事をやってくれたので俺からのお母さんへの〝プレゼント〟」と言ってくれました。

「家を一件！　ビックリ」でした。住んでいる所より六十キロ離れた所に作りました。深谷で牧場をしているので食事が出来、泊まれる部屋と教室を作ってもらいました。

フィンランド産の木で作ると決めたそうです。

それを息子に話したら、「いい事だよ」と言ってくれ、年をとったらここに住んでもいいようにしてくれました。

家の真ん中に大きな木を天井まで入れたのですが、「木登りをしたい」と思うほど、夢の家でした。

主人は、私が「牛の仕事・親の介護」で義母は耳が少し遠かったので、「手で、合図」で、毎日なんとか私の言う事はわかったようでした。

耳のそばで大きな声は嫌みたいでしたので、「補聴器」も買ったのですが、響いて嫌と言ったので毎日手でしました。何でも私のやる事に沿っていろんな面で一緒に暮らしてきました。二人で餃子を作ったり、菓子を焼いたり、二人で茶の友を作りながら毎日を過ごしました。そう、二十六年、一緒に暮らしたのです。

何でも「かあちゃん」と言ってくれましたね。

自分の母にしてやれなかった思いもあり、おばあちゃんに「かあちゃん、かあちゃん」と言ってもらった事が、本当に嬉しかった。

深谷の押し花

私の仕事場の周りには農家の家がたくさんあり、周囲の家の庭にはたくさんの花がありました。押し花には困らないぐらい、たくさん咲いていました。話をしていたら、お茶を飲みながらみんなで押し花をやるといってくれました。遊びながら花をマットに挟み、「早く乾くといいね」と言って、みんな一生懸命にやる気になっていたものです。いくつか花が、きれいに乾いた時は、それは、嬉しそうでした。

みんな八十歳を超えた人達でしたが、「こんなきれいな花を見ていればボケないですむ」と言い出し、毎日庭に出ては花を取っているところが見えました。「楽しいですか?」と聞くと、「楽しい」と笑顔が見えました。その事を農協の人に話したら、『みどりの風』に載せていただける事になり、押し花をやっているところを写真を撮りにきてもらいました。

春は野原の野草、夏は庭木、秋は紅葉といろんなお花がたくさんあり、押し花にはとても良い所です。その後は結婚式のブーケや近所の人の新築祝いに作ってあげました。

その頃の私は、気持ちは押し花の事でいっぱいで「なんてきれいなんだろう！」と作るのに気持ちが入ったものです。夜も作っていると主人は寝ないで待っていてくれました。みんなの理解がなければ出来ない事だと思いましたし、アドバイスなどもしてくれました。

近所の人達と押し花を作り、茶を飲み、話に花が咲く……。私は六十キロ離れた所からここへ住むようになりました。そして近所の人達とも仲良くなり、いろんな所へ植物探しに出掛けました。そうすると、だんだんと人の「和」が出来るようになり、花をたくさんいただいたりするのです。近くの花屋さんから家においでと言われたので行ってみると、ハウスの中はいろんな花でいっぱい。それからはその方からいろんな花を見せてもらったりいただいたり、それからその店のオープンには花の額を作ってあげたのです。

それから二十五年——今も訪れますが、とても良い家族の方と話が出来、本当にありがたいことです。そこの奥さんは、道の駅やホテルの所に花を出しているんですよ。

人と人との「縁」に感謝

これは、本当に不思議なぐらいの「縁」のお話です。

私の家は牧場をしていることは前に述べました。

息子と同じ大学の先輩で、研究室の方が見えました。薬の話で、とのこと。大学の教授の紹介で来ましたので家にあがってもらったのですが、ちょうどその時、私はテーブルの上で押し花を作っていました。

すると、「私の姉もやっています」と大学の先輩。その話はそこで終わったのですが、二年後に関東三都県（千葉　埼玉・東京）の勉強会の募集で二十五人のクラスに行けるようになり、勉強会が終わった時に、どこともなく一人の方が、私の目の前に来て「昼食を食べよう」と言って声をかけてきました。浅見さんという方でした。

話をしているうちに、埼玉県でも一番北、神川町の人であることがわかりました。

私は、「家は所沢ですけど、仕事場は深谷で、牧場をやっています」と言うと、「私の弟が行っていないかしら?」とのお返事で、薬の会社の名前を聞いてビックリ! 「はい」来ています。なんと、二年前に話に出ていたその姉さんだったのでした。こんな事ってあるのかしら? 信じられませんでした。

「偶然ってあるんだ」「奇跡だ」と思いました。

二年も経って、その弟の話の会話の中での話でしたので、それが現実にあったというのは、すごい事でした。東京の勉強会は一クラス二十五人で、何クラスもあり、そこで会うとは、驚きでした。

それからは、浅見さんとは友達になり、押し花という趣味だけで仲も良くなり、しかし私にとってはすごい方でした。役場に勤めていてかなりの仕事をしているようで、それからは作品展を兼ねての話も、ずっと前からしているみたいな感じでした。

役場の中での趣味でも、観光地なので押し花ハガキを作ったりしていました。東京まで材料を買いに行ったり、町の観光を兼ねた押し花作りをしていました。生徒に教えたり、町のイベントをやったり一生懸命。町のために「すごいな」と思いました。

そしてその後、新潟に作品を出したところ、全国大会、初めての賞に入りました。

もう、嬉しくて、嬉しくて。

そして、なんとか東京の会社に電話をしてOKが出たので、浅見さんと二人で作品展を見に行きました。見に行った時に、すごい先生に会いました。会場の真ん中を歩いていると、きれいで素敵な大先生が目の前にいました。その方は、私の憧れの先生でした！　私から声をかけると、気持ちよく話をして下さいました。そして、三日後に手紙も書いてくれたのです。それからは筒井先生のイベントにも行きましたし、その時に会長さんの作品展を天神の三越デパートでやっているので、九州まできたので見てきなさいと言われたので見に行くと、「埼玉から来たの」と言われ少しいい気分でした。

押し花を始めから、遠くでの作品展だったので、ただ作品を見るだけで気持ちはわくわくでした。「よし、私だって目の勉強をしに行こう」。「色づかい、組み合わせ」毎日が見るもの見るもの、いい心の宝が出来て良かった。私が花を始めた時、すでに十年上の先生達がいました。この目で見た花々を、どうしたらきれいに花を乾かす事が出来るのかと思い、次のようなことを考えました。

第一　花に手を触れないこと、花の下の所を持つようにしました。うすい色の「花ビラの時」
第二　花を取る時に、箱を持ってハサミで取った花を箱の中に入れる。「手は花にふれない」
第三　マットに挟んで、四時間くらいで、新しいマットに取り替える。「これも花ビラの時」です（これは私のやり方です）。

いろいろとやっていくうちに、毎日がこんなに楽しい仕事なんだと思うようになる一方、わからない事もありました。

アイロンで乾かす——これは難しい。強くやれば色が変色してしまうのです。少しずつ少しずつしていく。物によってはなんでもない花もあり　、全部を覚えるのに大変な月日がかかりました。

自分との勝負であり、だんだんと押し花に夢中になりました。五十歳過ぎての習い事でした。

今までは、家の仕事——親を見たり——があり、習い事などとんでもないと思っていました。主人の妹が、「人に誘われた時がやる時だよ」って言ってくれたので、「押し花、陶芸」とやる事となり、発表の時は、妹が会場まで手伝いにきてくれました。陶芸の発表の時に、押し花額を飾る事が出来、嬉しかった。心が「幸せ」でいっぱいでした。

それからが本番。市役所で押し花展に出す事となり、たくさんの人達に見にきていただきました。

花も届き、夢のような事で、とても嬉しかった。

遠くから浅見さんも来てくださいました。二時間もかけて東京、千葉の方も見えていました。押し花ってすごいな、まさに、人と人との「和」ですね。

押し花の花の組み立て方

私は授業で一回は、組立を作ります。

私は、そのまま使うこともありますし、花によっては作らないこともあります。そこから私なりの組立を作ります。花によっては、本物を見ながらハサミを使う事は少なくなるようにします。

自然な花の姿を見ながら、ハサミの切り方で全然違います。花ビラ一枚一枚乾かして自然に咲いているように、そして「やさしさ」が出るように組みます。ハサミの切り方で変わってしまいますので組むのは大変でした。花が「柔らかい」姿に組立が出来るようにします。東京の授業の時、先生に、「自分で組立が出来たのですが、学校の組立でないので使えませんよね?」と聞いたところ、先生は「使えます。そういう方を待っていました」と言われ、嬉しかった。「もう一組、組立を作って下さい」と言われ、一つの額が出来ました。それは「バラの花」でした。

他の人達から、「あまりハサミを使わずきれいです」と言われ、それも嬉しかった。自分の生徒には組立を教えました。そして自分の生徒が、先生の免許を取りに東京へ行った時、バラの組み方を作ると、東京の先生が「あれ？」と言ったそうです。その後、生徒が押し花の免許が合格したので私が東京へ行くと、生徒の試験を担当した先生が私の所にきて、「やはりあなたでしたか」と言われ、以前、他の勉強で一緒になった事があり、花の組立を見て知っていたのです。

外のクラスで押し花をしていると、バラの組立を出すと、周りから「出ましたよ」と言ってもらった。

その時の先生は、日本全国で押し花を教える方でした。私もいろんな先生と一緒に勉強をしてきて、少ないけどいろんな方と話をするようになり、賞を取っている方などと知り合う事が多くなりました。ありがたいことです。私も先生の資格を取って四年は経っていました。しかし私の上には十年前の先生がいました。大会は一緒でした。

私が一番悔しかったのは、みなさんセミナーでいろんな先生の手ほどきを受けてからの作品が多かったこと。そんな事は私は知らなかったのです。家に帰ってきてから、自分だけの作品を作ろうと決意。

ダイナミックの中に、優しさ、心の目がいく作品をと、勉強に勉強を重ねました。そこには主人が一緒になって「そこのところは木は大きく置いて」と口を出すようになりました。「人の目より二人目」でした。

主人は押し花の作品展で私が泣く姿を見ていました。初めて出した作品だった時、発表会での悔し涙だ……。その時に私は幼稚園児なのだと思いました。私一人がいいと思っても、十年上の先生にかなうはずがない。そんな〝悔しさ〟を知りました。

今でも、その時の〝悔しさ〟は忘れません。

だからここまで押し花を続けられたのだと思います。

悔しさを知った夜、テレビに倉田先生の作品が出ていました。友達が電話をしてきて「テレビを見て」という電話でした。それから私は、その倉田先生の勉強会《サロン》に行く事が出来ました。そのクラスで、バラの組み方を知り、自分から自分なりの組み方をもって、その勉強《サロン》に行き、いろんな事を学ぶ事が出来た。今の自分があるのはその先生のおかげです。

『花の優しさ』が出来る組み立て方」を勉強しました。

そのクラスには、賞を取った方々が多くいました。

一ヶ月に一回のクラスですけれど、楽しかったなあ。その時の方々とは、今も話をしたり、私の家に来たりしています。旅行したり、二十年も続いています。私の洋服を作ってくれたりもしてもらってます。そしてこの倉田先生の時間で今の自分があります。

倉田先生のバラの作品をたくさん作り、とうとう韓国で最優秀賞を取ったのです。

本当に、この作品は　作っていて楽しかった。

里芋の茎の皮をむいて、クルクルとさせて、バラの周りにメロディーな線を描いた。

私のお気に入りの作品です。

花を集めに

福島に作品展に行った帰り、片品村に行った時に、広い道より小道に入った畑の所に山母子がたくさん咲いていました。そこの土地の方に会って、あの草を取っていいですか？　と聞くと、全部「草」だから持っていっていいよ！　と言われたので、主人と二人で車のトランクに、たくさん取って載せました。嬉しくて、嬉しくて、普通の山では植物は取れないので、こんなに畑に咲いているなんてと思ったら、早く家に帰りたいと感じました。

前の晩まで泣いていた私は、この植物を見た途端、もう気持ちがワクワク。気持ちを抑えられないくらい、興奮しました。家に帰って畑に植えた後は、押し花に。嬉しさが止まらない感じでした。押し花展の事は忘れ、「泣いた、なんとかは　もう笑う」という言葉が、そのままずばりあてはまり、そんな話を友達にしたら、「河原にたくさんあるよ」ですって。その友達はたくさん取って、宅配便で送ってくれた、それが「河原母子」でした。家にも植え、毎年取ってドライフラワーにして、今も玄関に飾ってあります。

その当時は　もう、嬉しくて、何があっても主人と一緒に探しに行きました。風景の写真を撮りに行ったり、二人で押し花の花を集めにいろんな所に行きました。草花がこんなにいろんな作品になるなんて……今まで考えた事がなかった。家に帰って作品を作っていると、主人と我が家のお嫁さんが加わり、三人の目になり、「そこの板はもっと太く」などと言って、いい作品が出来てきました。その二年後からは、なんとか作品展に出すようになりました。

そして世界へ

趣味の世界はすごいですね、日本のいろんな所に作品展を見に行きました。新潟、埼玉　群馬、東京、愛知、広島、九州、北海道です。

北海道では　ちょっと変わった物「わかめ、いろんなこんぶ」です。塩ぬきをして、そして花との併用の作品でした。賞を取り、姉と北海道まで行きました。

礼文島・利尻島に行き、いろんな所を見て歩きましたが、島全体が花の島でした。漁師さんは「いい物を見せてもらった」と、喜んでいました。こんな所で花に囲まれていられたら……とも思いました。冬の寒さを私は知らないから耐えられないかな、暖かな所で育った私には……。

しかし住めば出来ない事も「ある?　ない?」。

その後、東京の三越デパートでの作品展に出品。一月から十二月までの季節を、という課題でした。私は五月のボタンの花を作りました。庭にたくさん咲いていましたので、色といい枚数も三百枚の花ビラを乾かし、それをステンドグラス風に作りました。ハナビラに縁をつけて、一枚一枚を組み合わせて作りました。賞に入り、その時はとても嬉しくて、今までした事がなかった作風だったので「やった」と思いました。

その後は海外にも出すようになり、アメリカのペンシルベニアで世界大会に出し金賞を取りました。ちょうど押し花の勉強会の時に電話があり、生徒もいたので授業はそこで終わりにしたのですが、私自身、ビックリして足の震えがなかなかおさまりませんでした。夜になっても体が何か変でした。

その後にすぐ韓国で優秀賞をダブルで取りました。その時に見に行きたいと松田さんに言うと、「見に行こうか、ちょうどハワイに行きたかったのでパスポートを取ったばかり。先に韓国に行こう」、という事になり、押し花の会社に電話。そうしたら会社の方でも一緒に行ってくれる事になり、羽田空港に集合。他にもう一人来るとの事でしたので、三人で集合場所に行くと、会社の人が早くから待っていてくれたみたいでした。

初めて会う人でしたので少し緊張しましたけど、とても良くしてくださいましたので、ありがたかったです。

韓国では、どこに行くにも松田さんと一緒でした。とても優しくて、おとなしい方です。

押し花を同じ曜日で習っていたので仲も良くなり、この韓国も私のために行ってくださるという事で安心しました。羽田空港より海外に行くのは二回目でしたけれど、かなり前の事でしたので初めてと同じ気持ちでした。会社の方より、星野さんより手紙を預かったとの事。中を見ると、アメリカの押し花の審査員の方からの文面を、日本語に星野さんが訳して書いてありました。これを読む時は飛行機の中で読んでいるでしょう。内容は、アメリカの押し花展の審査員からの言葉が書いてありました。

私に英語を和訳して手紙に書いて下さったその中に、折り紙が入っていました。

星野さんと出会って三年の月日が経っていました。

その間中も、電話で話したり東京の勉強会の時に会いにきていただきました。初めて会う嬉しさ。

私にとっては世界の押し花の方が会いにきて下さる事は　おそれおおい事でした。若い方でした（日本に世界の押し花の会社があります。だから海外へ出す事ができます）。

私の息子より少し上でした。少し話をしただけでしたけれど、私が大好きなハンカチを渡しました。同じ花の絵で一枚ずつ持っていました。それからいく日か経った時、アメリカの金賞の電話だったのでした。

それからは、「押し花展がある時は見にきて下さい」と電話があったりもしました。飛行機の中で手紙を受けとり読んだ時は、まるで映画のワンシーンを見ているかのようでした。

韓国へ行くと決まった時に星野さんは産休の休みに入っていました。帰ってからの話をしたかったのに、それからかなり休んでいたみたい。それからまた会社に出てきたみたいでした。その後も電話で話しましたね。

ある時は、「北海道の富良野に来て」と電話がありました。作品展を富良野のプリンスホテルでやるとの事でしたので、私も一人ではちょっとさみしいので姉に話すと、弟に話すとみんなで行こうという事になり、弟の娘まで行くという事になり、私が主人を亡くしどこへも出ないでいた時だったので、姉がみんなで行こうと声をかけて下さったのだと思いました。

私と姉と弟夫婦と子供二人、六人で行く事が決まり、嬉しい心持ちになりました。

みんなで行くのは初めてだったので、今まで家の中に閉じこもっていた時も弟は、「姉ちゃん夕食食べにきたよ」って何度も仕事の帰りに寄ってくれた。自分の家は反対方向なのに、私を元気づけにきてくれたのです。弟も私の家より十分くらいの所の郵便局の本局の支店長をしていましたので、「大丈夫?」と何度も家に来て、ご飯を食べにきてくれたり、食事で外に行ったり……そんな時にみんなで旅行に行けるなんて、嬉しくて言葉になりませんでした。

私一人では心配な姉と弟でした。みんなで羽田より函館まで行き、そこに弟の娘が待っているとの事で函館につくと待っていて、しばらくぶりに会ったので嬉しくて話が弾みました。そして、ここよりバスで五稜郭と函館山へ行く事となり、町の中を見て回り、函館では買い物をしたり写真を撮ったり。五稜郭につくと、高い所に上り、そこで見る景色はすごくきれいで、周りを見る事が出来、感動でした。星の形みたいに見えて下におりその場所に行くと、そこにいる人達と写真を撮る事となり、そちらの衣装で一緒に「はい、チーズ!」。

そして函館山に着いて、たくさんの観光の人で前が見えない状態で写真は撮れないぐらいで、少しずつ前に進むと、やっと撮影する事が出来ました。

夜の夜景の素晴らしさ、それは観光ガイドの写真と同じでした。

まるで空港の滑走路みたいに見えました。

素晴らしいと思い、もっと見ていたいのに人が多くて、そこにあまりいられませんでした。下におりて、バスでホテルまで行きました。夜はホテルで食べましたけれど、次の朝は市場に行って好きな物を器に入れてもらい（イカ・トロ・イクラ・ウニ)、何しろたくさん食べました。

次の日は函館より札幌まで列車で行きました。

札幌に着くと荷物をホテルにおいて、町の中を見て歩き、時計台の周りを見たり写真を撮ったり、楽しかった。次の日はレンタカーを借りて大雪山へ。

九月十六日が初雪で、ヘリコプターが上を旋回していました。

山は色づいて雪と紅葉がきれいでした。とても寒かった。青池を見たり、きれいな庭園を見たり、その後富良野にてファーム富田に着いて写真を撮ったり食べたり……楽しい日を過ごし、「ぜるぶの丘」へと行きました。

そして富良野のプリンスホテルへ。北海道は広いですね、なだらかな丘に花が絨毯みたいに見えました。なんの飾りより、自然の絨毯の花は素晴らしかった。そしてホテルの玄関で、ちょうど押し花の会長・杉野先生と会いました。

「おーきたか」「買い物をしていけよ」と先生がおっしゃったので、買い物を楽しみました。

そして星野さんと会い、私の姉は星野さんと会話をかなりしていたようです。姉は杉野先生に会うのは初めてで、言葉をかけてもらった嬉しさに感激していました。会長さんに言葉をかけてもらった事は、かなり後まで話していましたね。私が普通に話していたので姉はびっくりしたみたい。たくさん作品を見てこんな遠くの所まで私を呼んでくださった事、星野さんと話が出来た事、私も押し花というものに出会えて、こんなにたくさんの人達と話が出来た事に気持ち的に嬉しかった。

帰りは旭川空港から。弟の運転で四日間、楽しい時間でした。

その後、立川での作品展があり、松田さんと見に行きました。

そうしたら星野さんとばったり。でもこれが、星野さんとの最後の出会いになってしまいました。

東京の日本橋三越店での作品展の作品が賞に入り、いつもなら星野さんから電話があるのに、なんの連絡もなかった。その時、何か変だなと感じた。その後、会社の事務所の人から、星野さんは亡くなったと聞いて「エー」と思った時、私の家の茶の間の電気が消えました。少し経つとつきましたけれど、何かを言いたかったのかな、私に知らせたかったのかな……。

会社の人も、私が星野さんと仲良くしていたのを知っていたみたいで、私に知らせてくださった。

いつもなら賞に入ると、「やったね」と言ってくれましたが、今度はなんの連絡もないので私も何かあったかな？　と感じていました。

私の事を北海道まできてくれた事も話をしていたみたいで、立川の作品展で会ったのが最後で、その後みたいでした。まだ四十代半ばぐらいで小さな子供がいるのに辛かったでしょう……。

私も一歳の時に母が亡くなりました。姉さんの話だと、お父さんとお母さん、二人で泣いていた、小さな私を見ては泣いていたそうでした。どんなに辛かったでしょう、と私なりに思いました。私も母の顔は知りません。

小さい時は「泣かすな　泣かすな」とみんなで私を見てくれたみたい。その当時は私の家には何人かの人が働いていて、その中の一人が私をよく見てくれた米吉さん。その人がいたから、私をよく子守をしてくれました。

その人も私の家を出て養子に行く事が決まり、米吉さんがいなくなったら夜も寝ないで泣いていたそうです。米吉さんは次の日、四歳ぐらいの私をおんぶして、自転車で養子に行った家に連れていってくれました。そこのお父さん、お母さんが、私によくしてくれました。

魚を獲ったり何をしても「ニコニコ」していたのを、私は今も覚えています。四、五日ぐらいで家に戻り、もう泣かなかった。

米吉さんの親も亡くなり私の家で働いていました。そして親戚の家に養子に行った、と後から聞きました。その後、米吉さんとその奥さんと会いました。私を見る目は、親みたいに見えました。

何年か経って、亡くなった事を聞いたので墓参りに行ってきました。その時の景色をまだ覚えていました。寺の角を曲がった時、振り返ったその時に「米吉」と彫られた墓石が見えました。

七十年の時が……歳月が……周りを見ました。

「ごめんなさい　遅くなって」と言って線香をあげて帰ってきました。

広島の作品展より

明日広島に行く時になって、気分的に体が変な感じでした。二、三日前より食事が食べられなくなっていました。いつも何かあるとストレスで変な感じになります。生徒が試験を受けに行く時も、私自身も胃が変になったりします。合格発表になると、体はなんでもない、他の人の事でも心配が出てしまう感じです。

前の夜、息子がオムライスを買ってきてくれた。そうしたら食べられました。主人が、「明日は広島に行けるね、新幹線の駅まで送るよ。車で十分ぐらいだから、お母さんが行かないと生徒さんが困るからね。深谷から三人、大宮で一人乗る。そして東京駅まで行く」と言うので、「今度はのぞみで行きたい」と私が言った。広島の町が近いので広島まで三時五十七分くらいで着きました。駅でタクシーを頼んでもらい、原爆ドームまで。中に入ると、たくさんの人、人で中を見るのが怖い感じでした。押し花の展示場に行くと、一週間前に千羽鶴をこの会場に送ってあったので生徒と一緒に折りました。千羽鶴を見に行くと飾ってありました。数はあまりありませんでしたが、でも一生懸命この日のために作った気持ちです。他の先生が私に頭を下げ、「ありがとう」とニコニコしてくださいました。私は戦争を知らないけれど、原爆ドームで見た写真の数々は私には耐えられませんでした。前に沖縄に行った時に体が重く肩に重みを受け、そこでの戦争の展示での出来事を思い出しました。この時はすぐに外に出ました。お姉さんは私の異変に気がつき、外についてきてくれました。外の地面に膝をつけたままでした。肩を手で振り払いました。そうしたら肩の重みがなくなった——。そんな事がありました。

今までにもいろいろあり、夢を見るのが嫌だった。夢の中で〝予言〟みたいなものを見ると、その日は怖くて静かにしていました。とっさに出た言葉がその通りに起きるのです。自分が怖いです。ある時、東京に牛を運んでいて東京の市場に着くと車の後のあおりが落ちてくると、牛が足を外に出してしまう夢がその通りに起きてしまった。そのせいで車は横に曲がり、でも夢の中では車も牛もなんでもない夢だったので見ていると、主人は今度はなんだと私に言ってきた。「うん、あとはなんでもないよ」と言いました。

帰りは車の中で「眠らない事」と主人に言われました。

もう大丈夫、と言ったこの時、私自身もビックリ。もう夢は嫌だ、寝る時は手を横にしてみたりした。未だに夜が怖いです。主人が亡くなる朝も夢に出てきて「もういい」、「何が？」と私が言ったら、「死んでも」と言ったのです。そして目が覚めました。朝起きて、妹の家のご主人に病院に連れて行ってもらった事、本当に今も嫌です。

ある時は、弟の所の娘さんが私立の中学を受験した時に、弟の嫁さんが私の顔を見にきました。

私に何も言わず、私のニコニコを見て娘は大丈夫と思ったそうです。私に聞いてはいけません。話をすると流れるから、黙って帰ったみたい。後日、電話があり、受かったとの事でした。「私は神様ではないよ」と言うと、夢に出なかったのでよかった。

話はだいぶそれましたけれど、広島での作品展も賞を取る事が出来ましたけれど、私はその作品の内容が少し暗かったと思いました。他の先生が作品を見るなり、会長さんに聞きに行きました。やはり暗さがもう「一歩」だったみたい。それは九州の先生でした。雪割草の作品だった。この当時は和紙を使っていました。ちょうどいい和紙がなかった。

その後は自分で色を布につけ、自由に色付けが出来るようになり、一歩一歩、賞を取る事が出来るようになりました。

勉強不足でしたね、一つ一つ覚えて、大変な道ですね。

次の日は四人で観光をする事となり、初日のタクシーの運転手さんに聞いてみると、一日いろんな所に行ってくださるとの事でした。泊まったのは宮島でしたので、船着場の所に来てくれるというので頼みました。女四人、それは楽しい時間です。初めに錦帯橋に行き、変わった橋の作りを見てびっくり。板の組み具合がすごい、と思いながら眺めていました。

昔の人はよく考えたなと思いました。その後に山陽自動車道を通って山口県の秋吉台まで行き、石灰岩が山のあちこちに出ていてとても広く変わった地形でした。下に降りると、入口から水がすごい勢いで流れていて、きれいな色でした。

鍾乳洞に入ると、たくさんの人が見にきていて、全部を見る事が出来ませんでしたが、初めて見る景色で上のつららみたいなものを見たり、いろんな色だったり、池みたいに出来ていたり、ただただ見ていました。帰りは、瓦そばという物を食べてきました。

車に戻ると中は話でニコニコで楽しい帰り道でした。生徒さんと一緒に行く事が出来、押し花のおかげでいろんな所に旅行に行けました。五十歳を過ぎて習い事をして、いろんな友達が出来、趣味というものをやり、こんなに楽しい事が出来て幸せです。

「心の宝物」です。

帰りの新幹線は速いですね。これに乗りたかった。いつも広島に行く時は飛行機で広島の町まで時間がかかるので、のぞみ、にしましたが、これが正解。

いつも姉の仲間の人達での旅行でかなり出掛けました。

姉さんの近所の人達にも誘われて北海道から沖縄まで、かなり行きました。

この広島より二年後にまた山口県へ「フグ」を食べに行こうと誘われて行きました。

この時は歩く事が多かったですね。みんな山歩きに慣れていて、歩くのはなんでもない人達でした。私は大変でしたけれど。それからは歩く練習を毎日しました。これが後で海外に行った時に助けになりました。歩く事はなんでもないようになっていましたから、毎日、仕事の合間に歩きました。

昔はなんにも出来ない自分であり、一つ一つ、いろんな事を学びました。押し花をやって良かった。押し花をやる前は親がいましたから、義母と実家の父と母がいて、父親を見に行っていましたから、両方の親を見ていました。

外に出掛ける事はほとんどなく、実家に泊まる事もなかった。二十二年後に実家に泊まりに行くと、父親が玄関で手をついて、主人に「今日は娘を泊まりにこさせてくれてありがとう」と頭を下げ、その時は主人は申し訳ないと言っていました。どんだけ「待った」事かと　親は涙を拭いていました。もっと早くと言っても義母を一人にしておけない事を知っていたので口に出せなかった。

その二日間はなんと心が広くなった事か、心が休み、父の背中を思い出しました。子供の時、温かかった父の背中、今でも思い出します。

あの時のお父さんの背中、心がやわらいだ事、忘れません。

人生を歩んできた普通より幼い頃より苦しい日々を送ってきた。なんでだろう、なんでこんな日々が続くのか〝恩と義理〟は。

結婚してこの言葉はなくなりました。

私を育ててくれたお父さんお母さんも、ほっとしたでしょう。この私のためにしなくてもいい喧嘩をしてきました。言葉の喧嘩です。

誰だって人に迷惑をかけたくて生まれてきたのではありません。どこの親だって娘の幸せを願って一生懸命に育ててくれたと思います。

私は、一日一日が何事もなく、一日が過ぎればいいと思っていました。

「ああ今日は無事に過ごせた」小学生の私が思った、こんな苦労ではなく、お父さんの心が苦労だったんだと思いました。

私だって、お父さんに普通に甘えたかった。でもお母さんも私の事でもっと苦しんだ事があったと思う。他人の子供を育てるという事は大変だったでしょう。女の子を三人も。

二回目の韓国

二回目にも韓国に作品を出したところ、最優秀賞を取りました。

その時はたくさんの人の参加があり、その中に大多和さん、増山サロンで一緒に勉強をした方がいらっしゃいました。

私は増山サロンに入ったばかりでしたけれど、大多和さんと一緒で助かりました。

他は知らない人達でしたので、とても嬉しかったです。

韓国では会長の杉野先生と小林さんが来ていました。

いろんな所に案内され、地下鉄に乗り、市場に行ったり、買いたい物がたくさんありましたので、目移りしていると、「これを買って行きなさい」と店を案内してもらいました。浅見さんと一緒に、いろんな物を買う事が出来ました。商品を見ていると、「あと十分」ですと言われ、「はい、あと十分あるわね」と思いました。集合場所に行くと　私達が最後で、みなさんが硬くなっているので、場を和ませようと「はい埼玉」と言われました（みなさん、緊張が取れて笑いだしました）。

集合時間内には間に合ったのですけれど、韓国には押し花に使える物がたくさんあり、楽しい買い物時間でした。

韓国には地下にたくさんの店があり、車も走っている。これにはビックリ。

先生より、「みなさんは眼鏡屋さんにいるので迎えに行くけど、あなたは二度目で慣れているからホテルに帰れるね？」と言ったので「はい」と言いました。帰ったら何人かの人はホテルにいました。

一回目に来た時は七人ぐらいでしたのですけれど、二回目は少し多かった。

次の日、押し花展に行くのにバスで行きました。もう一ヶ所の作品展です。広い所でした。

作品を見て歩き、外で浅見さんといろんな所を見て歩きましたが、韓国人のマスクの形が面白かったです。鳥の口みたいに前に出ていました。あれなら息をするのに楽だなと思いました。

五十歳すぎての押し花の人生　プラハにて

日本各地にいろいろ行きましたが、趣味で海外に行くことになり、この前は韓国に行きました。日本より二時間ぐらいで行くことが出来ます。その時も、海外に行く事だけで気持ちは大変でした。

でも今度はプラハ、飛行機で行く事になり、十四時間かかるという話でした。途中で乗り換えが一回。その時は友達の松田さんと一緒に行く事になり、一人ではなく仲の良い方と一緒に行けるという事で、とても嬉しかった。飛行機の中では座っているのが辛かったのですが……。

急に立つとフラッとするのでは？　と思って足の運動をしてから立つようにしました。歩くといってもトイレに行くだけで、他に行く所がありません。十四時間は長いですよね。

プラハに着いた時は夜十一時頃でしたので、ホテルに着くと、もう休む時間でした。

次の朝、フロントでお金の両替を頼んで、その日は押し花展をやる場所に行き、額を飾り、体験会をやる準備をしたりしました。

日本大使館の人達が何人か見え、夜は日本大使館の人と食事会。正装の仕度をして、こんな所は行った事がなかったので、とても楽しくプラハの人達と話に花が咲いた感じでした。

プラハの夜八時の夕食はまだ太陽が出ています。

何か変、暗くなるのは十一時頃でした。

夕食を食べてから、船に乗ったり、町を見て歩いたり、映画を見たり、いろんな会館を見たりしました。夜は日本から来た人達と集まってお茶を飲みました。外では炭酸みたいな飲み物しかありません。水は持っていきました。

お茶菓子を、みなさんが持ってきてくれましたので、みんなで話をしたりなごやかな時間でした。

この時は九州の筒井先生が来てくれたので、私は嬉しかった。こんなに一緒にいられる事はありませんでしたので。長い時間話をさせていただきました。でも先生はいつも元気でプラハの町を良く歩いたりしていました。たぶん大変だったと思います。栄養剤を飲みながら歩いていました。外の人はケーブルで下におりたようです。私は先生と会長さんと、他に七人ぐらいで山をおりました。その山をおりながら、いろんな話をしたり写真を撮ったりしました。

続・プラハ

その後は、松田さん、大多和さんと一緒になり、大変助かりました。プラハ城ではかなり並びました。

中はとても素晴らしい建物で、広くて天井いっぱいに絵が描かれていて、ただただ目を見張るばかりでした。一面に絵が描かれていて、写真をたくさん撮りました。私達もいい顔をして、笑った顔、すまし顔で撮影。どの絵も素晴らしく、見ていて飽きません。初めて見る最大のプラハ城でした。ステンドグラスの装飾が素晴らしかった。

外に出ると、外国の方が私に写真を撮らせてと言ってきたので、「なんで私なの?」と指で自分に向けたら、「うん」と首を前に向ける。外国の女性は大きいけれど日本人は背が低いので、撮りやすかったのかな? 私は身長は普通です。なんでだったのでしょう?

もうひとつの目玉は、カレル橋で、これは石の橋です。橋の両側に三十の聖人像があります。

私は押し花でこの町を描き作品を作りました。

そして、プラハはチーズがたくさんあり、種類も豊富。少しずつ何種類かのチーズを食べました。

そして、泊まったホテルの食事は最高においしく、星のマークがあるホテルで日本食を出してくれました。それが美味しかった。あの味は忘れられません。

買い物は普通のスーパーに行きました。プラハよりボヘミアに向かう途中、小麦畑がたくさんあり、あたり一面が菜の花と小麦畑がどこまでも続いていました。途中、昔の日本の畑みたいに感じた場所を見ました。庭の脇にどこにでもあるような畑があり、何か懐かしさを感じました。そこを過ぎると、先が見えないくらい広い畑がかなりあり、バスに乗っても同じ景色がかなり続きました。あんなに広くて、自分の所が「わかるのかしら?」と思いました。

ボヘミアに到着。ここは、落ち着いた街、そして静か。のんびりとした風景でした。周りは菜の花と小麦の絨毯みたいに見えた。

イタリア

この旅行は、行くまでは気持ち的なこともあって迷っていました。主人が亡くなって一年三ヶ月経っても、外に出ることがなかなか出来ないでいたのです。

そんな時に、息子から、「仕事をしてみれば？　一年も経っているんだから外に出て、家の中に引きこもっていたのでやりきれないよ、お父さんは喜ばないよ」と言われました。

「仕事を捨てる気？」と言われた言葉が「ずしんと」きた。

その前に、美術館の人達との食事会に行ってみれば、とテーブルの上に洋服代と言ってお金を出してくれた。それでも気持ちは変わらず、親戚から、あのままではだめになってしまうよと息子は言われたみたい。

実家の弟がその話を聞いて、一緒に行こうと言ってくれた。姉も一緒に行った。その時に本郷の家に何かお土産を買ってきて下さいと言われた。

みんなが心配していたみたい。そのことでやっと行く気になれました。行くと何人かの人に「いらっしゃい」言われた。敷地の広さに「すごいですね」と感心し、別の家のほうに案内されました。

めったに行けない家でしたので、少し「ビックリ」。普通では行けない所に行けて、そして気持ちも前を見るようになった。そしてイタリアに行くことを決めたのです。

みんなといれば、その時間だけ泣かないですむからと思いました。そして、友達の松田さんと一緒に行くことになりました。

イタリアに着くと、ローマより全体を見てきました。

石の家にも泊まりましたが、日本ではこんな部屋の作りはありませんよね。

日本人で、ここに住んでいる方がいました。事業をしているそうです。

そしてその後、道路の上に花模様を作ったりしている所を見たりしました。

プラハとは違って、飲み物はたくさん売っていました。

映画『ローマの休日』で見た所に行き、石段で写真を撮ったり、でも残念なことに道路にはゴミが落ちていました。プラハの時はとてもきれいだったので、とても残念に思いました。

プラハの時はトイレに行くにもお金を払いました。街も道もきれいでした。町の中は自然に花が咲き、日本の北海道の礼文島と同じように道の周りは花が咲いていました。けれどイタリアの景色は良かった。ナポリのホテルもきれいだし、庭も素晴らしかったです。食事はやはりスパゲティが多かったですね。

やっとこのような所に来られるようになりました。趣味の世界ってすごいなと思いました。まさか海外で作品展をやったり、作品はプラハの時は額をあげてきました。この私がこの年になって海外に行くとは考えられませんでした。

イタリアでもその後、作品展をやりました。その後はカナダで作品展をやりましたけれど、私は行きませんでしたので、東京の立川の昭和記念公園で作品展をやることを聞いたので見に行きました。

近かったので帰りは少し遊んできました。初めて来たこの町はとてもきれいで、コスモスの花を見に行く人達と会ったりしました。広い公園で気持ちよく遊べました。

押し花の会社の部長さんと会い、帰りの道の所で少し話をしました。韓国へ行った時に一緒で、会長さんと買い物をしていました。

私と浅見さんにも、「ここで買い物をして行きなさい」と教えていただきました。押し花で使う材料をいろいろと買ってきました。日本のデパートに売っているのを後で見たら高いこと高いこと。いろんな所に行ったけれど、地下に一つの町がありました。そこにも日本の人が多かった。

お茶を出していただいて、話に花が咲いた感じを受けました。

押し花だけでなく、いろんな人と旅行に行って、仲間も増えました。

思い

幼い頃のこと、いい勉強をさせていただいたと思っています。今だからそう言えるのかな。

その当時は、泣くことも、話すことも、よけいな話は出来ませんでした。普通は学校から帰ると、親に学校であったことをいろいろ話すと思います。

私は家に波風を立てないように、自分一人でいつもいました。だから外に友達と出掛けた時は、いっぱい、いっぱい話をして笑ったり、歌ったり、外では元気でいました。外でも、家の中でのことは言いたくありませんでした。普通の女の子でいたかった……そうでないと気がめいってしまうから……。

嫁いでからは、違ったことで悩みはあったけれど、それなりに自分で話すことが出来ただけよかったかもしれません。

何より、主人の優しさが一番でした。生き物を飼っていたので、休みはないけれど、日帰りでのお出掛けはよく連れていってくれました。息子はお父さんが大好きで、小さい時はそばをいつも離れないでいました。旅行に主人が出掛けた時は、夜は泣いて「パパ」と言って周りを困らせていました。夜はいつも主人が寝かしつけていたので、いないと大変でした。

幼稚園の時、主人が仕事で運動会に行けなかった時があり、仕事から帰ってきたら玄関で、「パパ、僕と仕事、どっちが大切ですかと」言っていた。

主人は玄関で「ごめんなさい」と……。

運動会でお父さんと一緒に踊りたかったみたいです。

他の子達は、お父さんと踊っていたので、それがさみしかったのでしょう。主人は何回も「ごめんなさい」と言っていました。

それからは、幼稚園、小学校での運動会には仕事を入れず、でも一回だけどうしても断りきれない仕事が入ってしまいました。その時は、朝三時に起きて運動会の時間までには帰ってきました。

一緒に踊ったり、かけたりしていましたね。

主人は、一人息子がかわいくてかわいくてたまらないみたいでした。私はいつも忙しいので、子供はおじいさんにみてもらったりしました。主人は一人で深谷の牧場で牛の世話をしたり、私は所沢で小さな小牛の世話をしていました。大きくなるにつれ、息子も親の仕事がわかって、いろんなことを言わなくなりました。

高校、大学へと進みましたが、大学が遠かったので、大学三年の時にアパートを借りて、そこから大学の研究室へ通いました。細かい研究が好きなようでした。

論文の発表にはかなり一生懸命のようでした。スイスで論文が通った時は、海外に行くのかなと思ったけれど、大学へは残らず、家の仕事をすると言ってくれました。

家の仕事は、初めはいろんなことを主人に言っていましたけれど、主人は「自分一人でどこまで出来るかやってみなさい」と言うのです。その言葉が嬉しかったのか、自分から仲間と一緒に仕事を一生懸命するようになったのです。主人は、黙って見ていましたが、いつしか牛に対する気持ちがわかったみたいだな、と私に言いました。

自分で出来る限りやらしてあげたみたい。

資金、牛の買付、少しずつ仕事が回るようになってきたら、本人も頷いていました。

そっと見てやるのもよかったのかな。

あんなに甘えて育ったのに、いつしか、主人と一緒に仕事が出来るようになっていました。「やれやれ」でしたね。

涙

人の愚痴とは、まして他人の子を育てるとは……。

いい顔は毎日は出来ないと思います。

神様でない限り、私も他の子を育てる時に「育ててやって」と言葉が出るかもしれません。

人間だから、心が「晴れ」ばかりではないので、心も天気だと思えば心も軽くなります。

泣くことも出来ない。まず、「泣くとは何か」「なんで泣くのだろう」と思いました。人の心も、誰もが少しは心に「?」が入るのでは――それが毎日なんだと思っても負けたくなかったから「泣かない」「泣けなかった」。

私が涙を一つこぼす時に、お父さんは「三倍の涙が出る」と言われました。十歳の私にはきつかった。

泣くことも、負けることも――「負けたくなかったら泣くな」と言われ、ただ地面に向かって耐えたこと。

間違ったことを言われても「はい」と言っていた時、近所のおばさんに、「あの言葉は間違いだよ」と言われました。その時にそれを問いただしてどうなるのですか、良い悪いは、私はわかります。それを「違う」と答えたら、この家では大変なんです。でも、おばさん、ありがとう。繰り返しになりますが、私だって「良い悪い」はわかります。家の中が何事もなく生活出来ることが私の願いなのです。もう一度言わせて、「おばさん　ありがとう」

大変な苦労をしてきたお母さんだって、口が言わせたんだ、それを作ったのは「他人の子」。私なのではないかな……「ごめんなさい」。

病気の時は、本当に人が変わったかのように優しかった。

なんでだろう、今、このことを書いている時に涙が出ました。

今は泣いていいんですよね、「勝《かち》・負《まけ》」がないから……。

だから思い出すと長かったね、見つめる自分が。

自分の人生

自分の人生など、考えたことはあまりありませんでした。

思ったら動く、そして心が前へと前へと、行動に移す。

少しずつ一つ一つのことをやるんだという気持ちで、「だめでもともと」いつも進んできました。

「まあいいか」はたくさんあったけど、また思い直して気持ちは走る。全部が全部いい方向に心が向いたわけではありません。

つい最近、自分という考えを思うようになり、一日一日が一生懸命でした。毎日が勉強で、家族の仕事を支えるのが大変でした。

この五十年、そして主人の死、その後の年月……どれだけ生活を大切に守ってきたかを今、考えさせられました。自分の度胸というものはあまりないけれど、なんとか生活してきました。夜も何度も泣いたこともありました。朝になると、息子を仕事に送り出し、「いってらっしゃい、お願いします」と小声で毎日毎日、言い続けました。帰ってくると「ごくろうさん、おかえり」と言っています。一日も休む日はありません。生き物を飼っているので、毎日が仕事です。

私の家では六十キロ離れた場所に牧場があり、毎日通っています。関越自動道を使ってもう五十二年になります。初めは高速はなかったんですよ。一時間四十分ぐらいで行けました。今は高速がなければ車が多いので無理ですけれども。

私も牧場の仕事の大変さがわからず、思うのとやるのとは全然違いました。

体を使ってのことで、生まれたばかりの子牛でも体重五十キロもあり、大変です。子牛にはミルクを飲ませます。一頭ずつバケツであげるのですが、慣れないと大変です。自分の人差し指で牛の口の中に手を入れて習わせます。慣れてくると、私の声だけで飲む場所に寄ってきます。三日目にはバケツで飲むようになります。

庭で子供と遊んで「はーい」と声を出すと、牛も一緒に「モー」と鳴きます。私が牛にとってお母さんなんですね。動物に触れたことが今までなかったので、すごく感激なことで、かわいいなあ。まあるい目、人間と違って本当に睫毛は長いし、羨ましい。私達は目の感じは一人一人違うけれど、牛はまあるくてかわいいです。そして、一年中休みはありません、正月もなし。人間だって毎日食べているのと同じです。慣れてくると、名前を呼ぶと私の前に来ます。

私が一番嫌な時がありました。牛を出荷する時には泣きながら車に載せて、東京まで運びます。途中、東京の高速に乗ると「モー」と鳴くのです。かなり響くのですが、わかるんでしょうね、「牛さんは」……私も辛いです。生き物を飼うということは、なんでも気持ちは大変です。毎週、東京、群馬、茨城、埼玉の大宮へと行きます。その間に子牛の買付。

　私も仕事に慣れて、どうにか次は何をするかを言われなくともわかるようになり、市場に行くと私の顔を覚えてくれて、飲み物を貰ったり話しかけてくれるようになりました。セリが始まると、コンピュータの数字の作動が始まり、牛を買います。男の世界の中で、その場所では私一人が買付をします。私も仕事です、牛の背筋と足の爪を見て、下にいる主人に指で合図をして買います。五十人ぐらいいる中でのセリはすごいです。

一回の買付では買いきれませんので、二回は行きます。

私はなんでもこの仕事となると、とことんやります。

買付、牛の市場である東京の芝浦まで売りに行くのです（東京都の牛の市場です）。

何も出来ない私だったのに、いつしかしっかり仕事が出来るようになっていました。なんでも気持ちがとことん入っていく。仕事の時は、「仕事」ということしか、頭にありません。

なんでこうなったのかな……と思うこともありますけども。

毎日が朝起きると朝食の仕度をして子供の学校に行く用意。そして、牛のミルクやり、その後は下の掃除「牛が寝る所」これは毎日です。その下は床暖房で暖かいです。

おもしろいことがあるんですよ。牛さんも私の声がわかるようになると「おはよう」と大声で挨拶すると、どの牛も「モー」と鳴きます。牛の挨拶なんですね。毎朝です。私は、牛のお母さんなんですね。小屋の中で散歩をしますと、私についてきます。私は上機嫌で「はーい」と言うとついてきます。かわいいです。ああ、いい気分。

農業というものを、嫌う人がいます。初めは私もその一人でした。

私が住んでいる所は、ほとんど会社勤めの方が多いです。顔に化粧をしている方がほとんど。私はここに嫁いだ時に主人に言われました。「化粧はなし。爪は塗らない。口紅はなし」と。私が仕事をしていると、なんで化粧をしないの？　と言われました。農家の仕事の時はしません。したら「笑われるよ」と主人。

私は前の仕事はお客様相手の仕事でした。

手の爪、髪はきちんとして、金融機関でしたので、言葉、挨拶をきちんと、特に窓口の人は気をつかいます。今はお金を数えるのに機械がしてくれますけれど、当時は私は手で数えていました。初めは慣れないと、お札で手を切りました。今みたいに大きな金額ではなかったけれど、その当時は大変で、通帳に書き込む時は手書きでした。

今は機械が書きますけど、その後に機械を使うようになりました。そこにお金を下ろしにきた人の運転手で、主人がきた時に会いました。それが初めてでした。知り合いなので車に乗せてきてあげたみたいです。

優しい方でした。その時主人は、みんな席についているのに最後に入ってきた私を見ていたそうです。

最後に席についたら、支店長の隣に座るところを見ていたそうです。金庫番の所に座ったのを見て、偉そうにと思ったみたい。その後、知り合いを通じて会いたいと言ってきたのです。ちょうど決算の時なので無理と言ったら、仕事が終わるまで待っていますとの返事でした。その時は、一年間の利息の計算が山のようにありました。その当時は一件一件計算していて、機械がないので、全部手書きの時代だったのです。その後、機械が導入されました。その前の人達はソロバンでやったみたい。私は機械で打ち込むようになり、ずいぶん楽になりました。

仕事の大変さ、楽しさを、そして、人と人の会話も、仲間も出来ました。

家の方は相変わらず、気持ちは人一倍神経を使いました。育ててもらったのだから、それにいいところもありました。私が体の具合が悪かった時、一生懸命尽くしてくれました。

他人の子を育てるのは大変だったでしょう。

尽くしても尽くしても、恩が返せない私でした。

どうしたらいいのか、悩んだ毎日。

でも三人の娘が嫁いだ後は、喧嘩の種がなくなり、お父さん、お母さん、平和な話が聞けるようになったことに私は安心しました。

いつも行くと、優しくしてくれ、二人とも、いい笑顔でした。

実家の父親も、具合が悪い時は行ってみてあげました。

その後は母は認知症になり、病院に。

父親はその後は大変な病気になり、二ヶ月間、気がつきませんでした。私は一時間三十分かけて、毎日病院に通いました。その後ですが、別の病院でリハビリに行き、私はそこには一日おきに行ったのでした。

それが十ヶ月続きましたけれど……。

亡くなる少し前に、私は病院でお世話になった人を招いて誕生会をやってあげました。

そして一ヶ月後に亡くなったのです。

私はお父さんに苦労をかけて、でも私にとっては日本一のお父さんでした。

お母さんは、私の顔もわからなくなっていました。

そして母も一年後に亡くなりました。
すごい人生でしたね、「お母さん　ありがとう」。
お母さんに助けていただいた体を守り、今もこの文章を書いています。
私達を育ててくれて、ありがとう。

言葉の色

私が生きてきた色は何色かな。
明るい色、それとも曇りの心かな。
でも涙で流そう。
どこまでも流れたのかな。でもこの年になると、言葉の緩やかな心が、一歩一歩
「いつもだめでもともと」という気持ちにしてきました。
「一歩一歩」と進んできた一つの物に目が行くと、真っすぐ、ある時は曲がりながら
前に進んできました。
言葉も、一歩引く心も、抑えることが少しずつ。
若い時は、気持ちを「抑えて抑えて」人の顔を見てきました。
自分だったらどうするだろう、と自分に置き換えて考えてきました。自分が発した
言葉は相手の心にどう聞こえてきたか。誰だって、嫌なことを言われたら嫌ですよね。

いつも自分に置き換えてしまう。

昔、出掛けた時に何かを貰うと、大小関係なく嬉しかった。この気持ちは今も、買い物に行って自分の物だけではなく、たとえハンカチ一枚でも、何かといつも買ってきました。嫁にきて何年経っても親に何かを買ってきたんです。下着一つでも、誰だって嫌な人はいないと思います。

その心は今も続いています。

周りの人にも、なんでもいいから、きれいにしてあげる。「高い安い」のではなく、昔と違って物がたくさんある世の中になっていますから。

昔は針と糸が活躍していたのに、今はあまり見かけません。物がたくさん安く買うことが出来るからでしょうね。

お金があれば、いい世の中になってきました。

今は人の頭から下までカラフルな色が多い。

幸せなんですね、自由な心の方が多いのかな。

今日はこの文章を書いていたら、嫁さんのお母さんからバッグをいただいた。その模様は見ていて心が〝うきうき〟とするものでした。模様を見ていて早く使いたい気持ちになり、「お母さん、いつもありがとう」と電話をしました。しばらくぶりに心が晴れた気分でした。

毎日が誰に気を使うわけではないけれど、一人暮らしなので、庭の草取りをしたり、花を植えたり、周りをきれいにしたり。この前は植木屋さんに来ていただきましたが、二日間で十人も来たんです。

アパートの植木の手入れをしていると、アパートの人から「お茶です」と言ってたいやきをいただきました。やはり中にはこういう人がいるんだと思うと、つい頬が緩みました。

毎日考えることが違う思いを、つまり「一日一日」のことを書いていく。大切な考え方、それは毎日違います。

人の話でも「う」と思うことがあるように、人は晴れた日の考え方、または曇りの時の考え方、人それぞれ違うんですね。

身近にいませんか、「自分のことは人には言わず、人のことは平気で言ってくる」

人。誰も話し相手がいないのかな。そしていろんな言葉を言ってくる。よく人の家の仕事まで見ていて話をしてくる。だから夏は朝早くから草取りをしたりしました。こういうふうに思うと、毎日が普通の色になっているみたい、平穏な日々なんですね、私は。

若い時は、朝から夜まで気をつかい、仕事に行っている間だけ、気が普通になる。職場のみんながいい人だったから、人に恵まれていたのかな。

その会社ですが、入社の時は私は職場が違いましたが、二ヶ月後に違う職場に変わりました。そこで仲の良い人に出会ったのです。どこに行くにも女三人で出掛けました。毎年五月になると、山にハイキングに行きました。今となってはいい思い出です。

高校の時にはクラスが違ったので話をしたことがありませんでした。中学の時は全校で五百人ぐらいいて、十クラスもあったので、隣の組ぐらいの人しかわからなかったんです。その人のお母さんが、私の育ての母と同級生だったので、私にはよくしてくれました。穏やかな人で、娘が「かわいくてかわいくて」しょうがない感じでした。

あれが家族なんだと思ったものです。

私は母には苦労をかけましたので、母が動いているうちは座らなかった。台所の掃除も、後からほうきの形を見ては、掃除の仕方が悪いと言われました。

その当時は自分に反発していました。それが親のある所に来て全部が「プラス」でした。どこに行ってもその当事は小学生だったので、先のことはわかりませんでした。親という存在も、なにしろだっこされたことがない私でしたので、親とはどういうものかがわかりませんでした。

わかったのは、育ててくれた母には言うことも出来なかった。言えるわけはない。返事だけ「はい」と言うだけで、自分の言葉を言うことは出来なかったから。育ててもらったのだから、私は母に病気の時も一生懸命見てくれましたので言える訳はありません。幼い頃より嫁に行くまで続きました。

でも、嫁入り道具を揃えるために、なるべく給料を使わず貯金に回しました。時間外の仕事もやりましたが、結局は残業代が出なかったので、なかなか大変でした。

でも嫁に行く時は　周りの人達からいろんな物をいただきました。あるグループの人達には「人形」をいただきました。なんとか嫁入りの支度は出来ました。車二台分の支度をととのえました。打掛も借り物ではなく作りました。これで言葉の色は、晴れやかな色が作れました。

いつもの夕食

いつも夕食の準備をしていると、毎晩のように一人で食べる夕食はやはりさみしいです。一人は慣れたのですけれど、前のことを思い出します。この時間になると涙が出てしまいます。

泣けてどうしようもない夕食です。

初めは五人家族でした。多い時は八人いた時もあり、月日が経ち、今は一人、昼間は泣くことは出来ません。

いろんな人が来るので、この時間だと思うと気が緩むのかな、何年経っても……。

この家に嫁いて五十二年も経ちます。主人が亡くなって、よく一人で十二年間、家を守ってきたなと思います。

昔は他の家庭を見て、私も大人になったら家を守ることが出来きるだろうかと思っていました。

なんとか食べていけるので「うん、まあまあですね」「よかった」税金の勉強をしておりましたので、大変助かり、気持ち的に楽でした。

相続を三回もやれば、夜も眠ることが出来ない日々もあり、なんでこんなに「税金」って悩まなくてはならないのか、わかりませんでした。ストレスで体が悪くなったりもしました。

一生懸命働いて腰を痛くしても、それでも生き物を飼っていると休めない、そんな毎日でした。

どんな仕事も大変ですけどね。

悩んでいるうちがいいのかな。

七十五歳になっても働いて腰を痛めた所が治りません。

生き物を飼っている家では、休みはないのです。

休んだら生き物は死んでしまいます。

こんな仕事をしていると、農家の嫁さんにはなりたくない、と言う人がいます。

「土日休んでいるほうがいいよね」「きれいな洋服を着て町を歩いているのがいいよ

ね」そんな生活を望んでいる人が多いです。二人暮らしが多い世の中ですよね。

私は大勢の家族で暮らすのが好きですが、「いつかは一人暮らしがいい」という人が多いかな。

今は家の周りは住宅地。昔は玄関で東京のビルの明かりが見えたものです。今は見えませんけれども。五十一年も経つと高い建物が周りにたくさん出来、昔の面影はありません。玄関の鍵を昔はかけたことがなかった。今はすぐ前の野菜を取りに行くのにも鍵をかけ、変な感じです。

こんなことを書いていると、広い野原を思いきり走り回りたい衝動にかられます。自然の中を、周りに気兼ねなく、どんなにすっきりするだろう、人と人との……?

今までに「毎日」が「生活」がいっぱいで、余計なことは考えたことがありませんでした。朝も四時三十分に起き、朝食の仕度をし、牛のミルクをやり、終わると牛小屋の掃除。主人は遠くの牧場に行っていました。私とおばあちゃんと二人で牛と畑をやり、私は畑をしたことがなかったので、おばちゃんに教わりながら、畑仕事をやり、今までしたことがないことばかりでしたので、ただ感心していました。

自分でハクサイ、ジャガイモ、サトイモ、トマト、ナス、なにしろ楽しくて、ただ、わーっと声をあげていました。大きなハクサイが出来ると、嬉しくて実家の親に持っていきました。

「お前が作った野菜を食べさせてもらえるなんて」お父さんもお母さんも喜んでくれました。あまりにいい野菜が出来たので、おばあちゃんは「見事」だと言ってくれました。

一生懸命に教えてくれたので、いい物が出来たのですね。

牧場のそばで畑をして「私が畑をやっている」なんて考えたことがなかったおばあちゃんが、「私よりもいい野菜を作った」と言ってくださいました——嬉しい。

今の自分

　今まで毎日、植木の手入れ、草むしりをやりすぎたんだと思いました。植木屋さんも年に二回来ます（春と秋）。夏の畑の草むしりは朝五時に起きてします。前は三十五度でも平気で外にいましたが、今はあまり夏はしません。

　この年になって姉弟は少なくなり、弟も六十六歳、姉は八十二歳で亡くなり、弟の死がどんなに辛かったか……私にはよくしてくれましたから。

　主人が亡くなった後もよく来てくれて、旅行にも連れていってくれました。食事に行ったり、デパートの地下売り場でジュースを飲んだり、菓子を買ったり、お弁当を作ってもらったりして食べたことも思い出です。

　前述しましたが、北海道へみんなでいけたことは、一番いい思い出です。もう一人の姉も弟も、あっという間に亡くなり、人間とはこうもあっけないものかと思いました。

毎日目が覚めると、「今日も元気。出来ることから仕事をしよう」と奮起します。そうでもないと気がめいってしまうので……。「元気でこの家族を守るぞ」そして自分の思いを強く持って日々を過ごしたい。ただボーっとはしたくない気持ちなんです。何かをしてないと、日々がもったいない。日々何かに向かっていたい。明るい自分を思いながらいたい――。

今までにどんなに言いたいことがあっても、自分が満点でないので、人にはなるべく言わないできて正解のように思いました。言うのは簡単、でも言われた人はいい気持ちではないですよね。私はいつも言われてきたから。でも私の場合は他の人との育った環境が違ったから、いつも耐えてきました。

どんなにか言いたいことはたくさんあったけれど、言わないでいい一日を過ごしたかったから、「言ってしまったら自分も少しは悩む。だから自分の心にしまっておこう」と決めたのです。

人に言うと、言うことは自分もやっていると思う。

自分が全部正しいということはない。みんなが全部正しいと思う人がいるかしら、育った環境が違う、みんな違って当たり前と私は思う。

人に物事を言う前に自分を見る。

誰だって欠点のない人はいないと思うのですが、みなさんは、いますか？　どうですか？

押し花の友

押し花は、私にとって五十歳過ぎてからの趣味、これは前でも述べていますね。でも、改めて思う。私にとっても大切な日々の始まりだったと。

二十年の歳月を、のめりこむ、それが押し花でした。

今はやめていますけれど、押し花の花は押していました。私の家には花が少しはあります。

ですので、大多和さんには少しだけ花を押してあげていました。韓国、プラハ、イタリアと一緒に行ったりして話をしていただいて、嬉しかったです。

大先輩ですけど、私にはよく話をしてくれました。私の家の近くに来た時は二人で食事をしたりしていました。その時に花を渡していました。でも今は私が腰を悪くして、花を渡せていませんし、大多和さんにも会っていないのです。

押し花を頑張ってやっているようですので、私も見てみたいです。増山サロンに入った時も話をしていただいてありがたかったです。主人が亡くなった時も、お線香をあげにきてくれました。その日の帰りに、あの東日本大震災が起きました。帰る途中で電車は船のようになったと聞きました。その間連絡が取れず、連絡が取れたのは夜の十一時でした。

池袋の駅の地下にみなさんといるから心配しないでと言ってきました。私の家に来た時なので「ごめんなさい」、私の家に来たばかりにこんなことになってしまって、申し訳ない気持ちでした。しかし、それからも私の家の近くに来た時は食事をしたり買い物をしたりしました。年も同じ。でも、恰好よくて、背も高いし、スタイルもいいし、羨ましいです。

ここ二年会っていないので、会いたいです。

作品展賞を取ったそうで「おめでとう」嬉しいです。よかったね。

これからの道

自分の思いのようにはいかない――人形ではないので心があるから、
「今だから　こんなことが書けるのかな？」
自分の趣味で、いろんな仲間も出来た。
世界各地に行くことも出来た。
考えられませんでしたね、世界地図を見ても地名さえわからない自分だったのに
……。

夢みたいな日々でした。それも主人がいたから行けた。
共に四十年、ここまで私を育ててくれて「ありがとう」。
辛い日々もあったけど――今度はみんなで――歩きます。

いつまで続く？　この気持ち

テレビを見ているうちに眠ってしまい、夢を見ました。その夢の中で、私は住宅のVTRを見ながら、どの家がいいかを決めるテレビ番組を見ていました。

その夢の中では、大勢の人と茶の間に座っていて、みんながいるからまだ寝ないでいいんだと思っていました。でも、この場面は前の夜に見た夢と同じ場面。そこに私も亡き主人もその中に加わって、一緒に番組の話をしていました。

目が覚めると、私一人が茶の間に残っていました。今まで賑やかだったのに、なんでと涙が出ました。私がさみしがっていると思って、主人もいてくれたんですね。前にも主人が子供達と遊びに、茶の間で賑やかに過ごしている夢を見たことがありました。

でも目が覚めるとやっぱり誰もいない。

泣きながら眠った私と一緒にみんなが遊んでくれたんですね。

涙をいっぱいためたまま、やはり今日も夢を見ていたようです。

いろんな人の心がいろんな会話を通じて、伝わってくる。人が十人いれば、十人みんなが思うこと、言葉が違い、気持ちも違う。勉強になります。

やさしい心、一歩離れた心。

「人生って何？」

「自分の人生とは何だったんだろう？」

「辛い、辛い」道があったから、今の自分があるのかな……嫁にきて幸せになれたのは、一緒に歩く人がいたから。この家で、農家のことは全然わからないまま、歩き出した。出来ないながらも、やってきた。前はいつもポケットの中にはペンチとカナヅチが入っていた。

こういう時間は大変だったけど、いそがしくて考えている暇がありませんでした。六十キロ離れた牧場に行くと、稲わらを牛にあげたり、草を取ったりと、休む暇なく働いていたのでした。

いろんなことがありました

この文章を書いてみて、いろんなことを思い出しました。これまでにいろんなことがあったね。小学生の時は心が出来ていなかったから、自分に反発していましたね。

小学生の時には、「恩と義理」のために生まれたのかと思っていました。でも、後に両親のいる主人に嫁にきて、全部が「プラス」になった。

子供の頃に叱られたことが、その後に役に立った。

親のありがたさが少しずつわかりました。

食事の仕度にしてもだいたいのことは出来るようになりました。

ただ一度だけ嫁に来る前のこと。牧場の家を直すために大工さんが来ていました。終わった時にホウキで畳の所をはいたら手にマメが出来ました。

情けない気持ちでいっぱいでした。

主人は、これでは何も出来ないのではないかと思ったそうです。

実際はホウキの柄が竹でしたので、その柄が手に当たってマメが出来たのでした。義理のお父さんがそう言ってくれました。すごく恥ずかしかった。今は何でも出来るようになりました。

この文章を書いている時に松田さんが、昔海外に行った時のことを、「あの時は楽しかったね」と話してくれました。私は何かホッとした感じがしました。

韓国・チェコ（プラハ）・イタリアの三ヶ国に旅行するなど、一人ではなかなか出来ない経験を一緒にしたことは、私も「ありがとう」と言いたい気持ちです。

私のために動いてくれる松田さんの優しさが本当にありがたかった。一緒にいろんな所に行きましたね。

「初めて行く所でも二人だったら行けるよね」

といつも一緒に歩いてきました。主人が亡くなって三ヶ月後に、

「河口湖にどうしても行きたい、主人と二人で写真を撮ってきた場所を作品にしたいから、どうしても見に行きたい」

と松田さんに言ったら、

「行こうと」

言ってくれた。その時に松田さんは、

「山下さん一人では行かせないよ。私も一緒に見に行く」

と言ってくれたのです。あの言葉は、今でも忘れません。

「良き友達よ、ありがとう」

私にはもう一人友達がいます。

すでに本書では登場している浅見さんです。浅見さんとは、韓国・新潟・東京・広島・浜松・九州へ行きました。

東京で作品展をした時にもいろんな所に行きました。一緒に行けた事が嬉しかったです。

今、浅見さんは洋服を縫ったりしております。何でも出来るのですね。

私の洋服は浅見さんの手作りです。

今でも巡り会えたことがいちばんの「宝」です。

ありがとう。

自分自身

私は、自分自身のことを書いておきたかった。

自分が歩いてきた時間を振り返ってみたかったのです。

生まれ、育ち、他の家と違う所。そして自分が毎日どのように過ごしてきたか。

確かに誰もが、育った環境は違います。

ある方に話を聞きましたら、「嫁に行くということは親が用意してくれたもの」で「それは当然」と言っていました。

そういう気持ちは、羨ましかった。

私は親から一円たりとも出してもらえない・もらわないで育ててもらったのだから、と思っていたので　そんな話を聞いた時には、ただ「あ……そうなんだ」と思ったのでした。

どこの親も「子供には幸せになってほしい」と願うものです。だから、嫁入り仕度をしているみたい。

そうだよね——私も初めて親になって、子供のために全部やってあげたいと少しずつ準備をしてきました。

それが親なんですね。

親とは楽しいものですね。我が子にしてあげられる夢もいただき、毎日が楽しい。泣いた時、いつも一緒に悩み、具合が悪くて幼稚園に行けなかった時も一緒に悩み……。今考えると「してあげる子供が」いたことが〝幸せ〟なんですね。ピアニカの練習も一緒にしましたね。今日はうまく出来たかな……。

私はこの文章で、自分の心の内まで書きました。

人に今まで自分の生きてきた日々のことをあまり話せないところもありましたが、自分の生きてきた「道」を書いておきたかった。

自分が親になって、自分の親に甘えてみたかった時のこと。

母とは、母を知らない私には——

そして自分も親になってみんなと同じように子供を育て、今も尚、しっかりと我が子を守ってきました。

守れる人がいることは、幸せです。

自分の子を愛し、孫も見て、私は幸せです。

人生は、いろんな日々を過ごすことが出来たことが最高なんですね。人生は長いようで短いように思えましたし、自分のことは自分で出来ますし、これからも元気でいたいし、〝家を守り、家族を守り〟暮らしたい。

自分の人生、いろんなことがありました。

でも、なんとか、笑える日々を過ごすことが出来ました。

これからも笑う日々が、たくさんありますように。

著者プロフィール

山下　希尹（やました　きい）

1946年12月22日生まれ
埼玉県出身、在住
高等学校卒業後、金融機関勤務
押し花での受賞歴：アメリカ（ペンシルベニア）　金賞
韓国　最優秀賞
東京都（東京都美術館）　賞あり
その他　日本での各地の賞あり。海外での賞あり

泣き道、笑い道、どんな道

2023年11月15日　初版第1刷発行

著　者　山下 希尹
発行者　瓜谷 綱延
発行所　株式会社文芸社
〒160-0022　東京都新宿区新宿1－10－1
電話　03-5369-3060（代表）
03-5369-2299（販売）

印刷所　図書印刷株式会社

ISBN978-4-286-24655-0